詩集

開《ひらけ》

鎌田東二

土曜美術社出版販売

序詩

開

ひらけごま
開け　ゴマ
披け　誤魔
拓け　護摩
開け　互真
ひらけごま

行く当てもなく
帰る当てもない

だが、行くほかない。
往くほかない。

逝くほかない。
還ることができないのだから。

だが、変えることはできるかもしれない
できるはずだ。
いや、しなくてはならない。

ひらけごま
開け　ゴマ
披け　誤魔
拓け　護摩
開け　互真
ひらけごま

閉じられた独楽
壊れた回転木馬

海峡閉鎖の警笛

すべてが　この閉塞に行き暮れて
生き惑いて
途方も無くなって
あてどなく

世界の涯は　果て無く
世の末は　すげなく
いたぶりの code を巻きつけて
深海列車は散った
亡き人を乗せて

銀河鉄道は逝った
いのちあるもののこえをまきちらして

巻き舌のゆくえをさがして
破られた言葉
魔法使いが掃除機に乗って
戦場荒しの落穂拾いを揶いにやってくる

逝く河の水は絶えずして
途切れることなく黄泉に注ぐ
この世の涯まで
地下水系を木っ端微塵にカキ氷化しながら粉砕してどこまでも墜ちてゆく
獅子座流星群

さようなら　獅子王よ
うだつのあがらぬ王ではあったが
汝は泣き濡れてそよぎ甦れた
抗うことのできぬ掟を破り捨てた咎を受けて
今宵新月の発射打ち上げを見守った

累々たる死骸の下から
とんでもなく遅れがちな念仏とともに

だがそれも
今宵限りのひとしずく

明日になれば
明日の風にそよぎ

みつはのめの新水にうかぶ

あれ
あれませ
あれおれ
あれさけ

みあれのひとま
閉じられし輪踊りは
そこで
ひらく
斃れたところから
そこで
ひらく

かならずよみがえる真言にのって

ひらけごま
開け　ゴマ
抜け　誤魔
拓け　護摩
開け　互真
ひらけごま

افتح يا سمسم

Sésame, ouvre-toi

Open sesame

ひらけ　ごま

ひ　ら　け　ご　ま

火　螺　卦　悟　真　！

目次

第3章　鎮魂

第4章　開放譚　スサノヲの叫び

カバー写真／著者撮影「対馬　和多都美神社海中鳥居」

詩集 開

第1章　開闢

奥敷

押し寄せてくる大洋の棘
金縛りになったように突っ立って受刑
まるで人柱のような
人身御供のような

身代りはいない非番の夜
あけすけに告げ口されて遁走した
絶対無

これ以上の屈辱はないと
真夜中の太陽と暗黒星雲は告発した

だから　言ったことじゃない
もう　逃げ場も　隠れ場もないんだよ

この先　お先真っ暗だって言ってたが
しかし　そこから　開けてくる海を見ようよ

友よ
懲りない面々と共に在って
金輪際へこたれない輩うからと
ドサ回りをして
樹を植えて廻るんだ

どうだい？
おもろいやんか！

世直しも　心直しも　霊主体従も
もう一枚めくって
薄皮も　厚皮も剝いで
身ぐるみ引き裂いて
夏至の陽光に捧ぐ

誰も喰わないけどね
実も蓋もないからね

遠ざかりゆく愛憐

懐かし気なコマ送りに
もんどりうって追撃した

終りだ
終りだ
終りだ　と

だが　たしかに
受け皿があって
滴り落ちる血と涙があって
再生不能と再生可能のあわいがあって

泡のように悶え抜いて噴き上がった
宇宙意志?

Cosmic Will ?

そうかも知れぬ
そうでないかも知れぬ

ゆくえは定かではないが
往ってみようか
入り江の入り江に
奥敷きの　敷島の　沖の入り江に

埋もれし神

ぬばたまの夜のしじまの闇市に
埋もれし神
閉じられし神
押し込められ　封印封鎖されてきた

そのうしとらの大金神と恐れられてきた神が
体主霊従極まりて
乱れに乱れた世の末に
世直しの神

心直しの神
として

世の立て替え立て直しを
思い定めて三千大千世界
松の世にいたさんと
霊主体従の新世界創造に
世の仕組を組み直す

あっぱれ
天晴れ
あはれ　はれ

かっぽれ

かもれ
かもれ　かも

ひさかたの天を望みて報を待つ
何千何万何億の待ち人とともに

だが　届かずの封印メッセージ
密言暗号解読不能
真言サラサーテの呼び戻し
とてつもないが切り刻み
背骨に残りしパトス語を
指文字機能で読み込んだ
更級日記の紅天女

夜店を跨いで三千里
積年の思いの鬱勃と
からくれないの扇旗
背負いて駈けり関ヶ原
黄泉路と小見路のつぎはぎの
もってこいのほのめかし
出羽三山の鯉のぼり
月読み日読み星黄泉の
還らぬ翼を引き抜いて
箒星を燃え立たす

すわ別天桶狭間
負け戦とはならないが
勝てども勝てども果てしなく

まぐれ大当たりのマドレーヌ
意気消沈の日章旗

上げても揚げても切りはなく
振り解いての橋掛かり
行きつ戻りつ迷い塚
塚本邦雄の命日と
日暮れの里で立ち往生
とわに終わらぬ　ものがたり
とわに閉じれぬ　かみがたり

鬼の宿

奥吉野に鬼がやって来るという里があるという
その社を最初に音連れたのは一九八四年四月四日のことだった
以来三〇〇回以上は通っていることになるが
その間　毎年　鬼様を迎える特殊神事の「鬼の宿」に参列してきた

二月二日の夜
神殿でおごそかな祈りを捧げた後
一行はしずしずと歩いて宮司宅に向かう

そこには祭壇が設けられていて
祈りの後に　二つの布団が敷かれる
そしてすべての襖が閉め切られ　誰もが入って来れないように見張りする

その時　井戸から聖水が注意深く汲まれてきて
盥の中に注がれ　何も入っていないことが詳しく確かめられてから
襖の前に置かれる

それを神主が二人寝ずの番をする
誰もその中に入らないように
襖を開け閉めしないように

払暁　聖水を入れた盥が確かめられる

盥の底に砂や小石が入っていたら
鬼様がやって来た証拠だとされる

しかし　何もそこになかったら
鬼様の訪れはなかったので
宮司は神仕えの資格を持たぬ者とされ
宮司を罷免されることになるという

だが　この四〇年近く
そんな光景を見たことがないから
鬼様は毎年　律儀に二月二日の夜に到来してくださっていたということになる

　鬼を待つ
鬼が来る

鬼を迎える

翌二月三日の節分祭で
年男二人が神殿の上から福豆を撒く
共に　「福は内　鬼は内」　と唱えながら

鬼も福も共に迎え入れる
この奥深い山里の社で
ひっそりと毎年節分の祭りの前夜に行なわれてきた「鬼の宿」という秘祭に
ものふかい慎しみと奥床しさというものの本義に触れたようにおもう

　思い上がるな　ニンゲンどもよ
おまえたちのはからいが何を生みだし　何をもたらしたか
総決算するのは　おまえたちではない

それは　我ら　鬼の仕事だ
我らは　ニンゲンたちのふるまいを見てるぞ　ずっとずっとむかしから
思い知れ　おのれの業を
おのれのふるまいを
〈汝自身を知れ！〉と言ったのは
我ら鬼族の親族である
世界がヒト族だけの世界でないことを知ることが第一歩
すべての始まりの第一歩なのだ
思い上がったニンゲンどもよ
人命だけではない
天命も地命も下るであろう
待っておれ！

森閑とした森に包まれた奥山里の夜の底で

宮司たちと共に　鬼様の訪れとその発せられる言葉を待っている
頭を垂れて　待っている

＊　この社は奈良県吉野郡天河大辨財天社坪ノ内鎮座の天河大辨財天社（天河神社）である。

風聴き人

とってつけたような
真実の扉にポスターが貼られた

〈待っていても　無駄だ
行きなさい〉

旅人は頷いて通り過ぎた
行く先も行き方も知らなかったが

それでも　風の知らせがあるようだった

万事　風まかせ
風聴き人となって　旅を続ける
沢山の人が　その風の声を聴いた

開く

開く
開く
扉を開く
窓を開く
心を開く
体を開く
魂も開いて
すべてを解き放つ

捨てて
捨てて
ほこりをすてて
にごりをすてて
おごりをすてて
かぎりをすてて
さとりもすてて
すべてを開け渡す

飛んで
潜って
泳いで
登って
駆けて

倒れて
転げて
廻って

生きて
生きて
生きて　死ぬ

開廊

ソプラノに拠る
添いの松とともに
あげくのはてに　ねむった
よるのそこまで

おりてゆく
廻廊
下廊

墜廊

さとびとはよんだ
逃げて！

しびとはさけんだ
来て！

ひとびとはしのんだ
弔って！

なんびとが下りてゆくのか
とまどいの里から
日々の暮らしの明け初めに

新年あけましておめでとうございます　という声に送られて

そこまでは持つまい
小切手も　切符も
冥界遍歴は続くが　恋が続く保証はない

試合を終えて　少量の水を飲む
いきどおりは消えて　山羊の歌をうたう

ホザンナ
ロザリオ
ビリンバ

トロイの木馬からころげ落ちて
夕焼けに染まったこころ

とりかえしがつかないが
とりかえすかぎは　ある

未来は　開く
過去も　開く
現在《いま》も　開く

閉じたところから　開けの海がやってくる

かぜがふいている

そよいでいる

朝焼けに染まりながら　すべてをぬいだ

自由

自由

自由になる？
自由がほしい？
自由であれ？
自由にしたい？

自由
じゆう

ジユウ
ＺＩＹＵＵ
自由って　何？

自由は　自由
自らに由る　こと
自らを由らすこと

由来を告げ
由緒を語り
由縁を解き
来由と経由をほどき
理由と事由と因由を明かす

自由は　存在

おのずからに　みずからに　由って　在ること

自由に　在ること

自由として　在ること

自由に　成ること

第2章　無底

どん底

引き続き余計なことを
と言い逃れした
裁判官が逃走した

無駄足だったか！
冤罪死者は嘆いた

あわよくば、
と　刑期短縮を期待した受刑者は

枯葉となって　海に墜ちた

引くに引けず
進むに進めず
にっちもさっちもいかぬ
絶体絶命の中で
一人雄叫びを挙げながら
北アルプスの山頂から飛翔した少年Z

颪よ吹けよ
嵐よ来たれ

誰もがもう
そんな不穏な言葉を発する気力を喪うほど

乱れに乱れた
天気予報

真実は見えず
虚報だけが拡散され
増殖に増殖を重ねる借財を
支払う意志を喪った行方不明者の国

国作りの神の沈黙に向かって
果敢にインタビューを続けた神主死せり

彼が遺した祝詞に次の一文があった

かけまくもかしこきは、欠け幕の貸金庫だった。

だがすべて　使い切って　消尽した
パンドラの箱の中の希望も

残ったのは　無底のどん底
そして　届かぬ愛と　祈り

危機

危機
より脱する
宮本武蔵

果たし状は破り捨てた
一乗寺下がり松で

その松と株は暴落の一途だが
丸出しの無策無能で審議に臨む

国滅ぼし総理大臣以下各種議員
不信任はおろか
訃新任の密談漏れ

もはや
情報管理も
情報操作も
管理運営能力を超えて
オーバフローの洪水の中で
溺れ
藁をも摑む
素手は既に無い

厭わぬ
国破れて山河在りであれば

だが
国破れてしかも山河亡し
という悲惨の現実を前に

なすすべなく
亡国の歌を詠い
哭く
かげろうたち

我も影武者
君も蔭武捨

汝は飛び道具
使う者も使える物もないが
そを喪って初めて草薙の剣が空を飛ぶ

かつては壇ノ浦の海底に墜ちたまま
浮上することなく
海の藻屑と消え去ったかと
行方不明を危惧されたが
千年王国の滅亡を前に天空翔り
意気消沈したる薙刀どもを切り裂いて
疾風怒濤
天地開闢を告げる

もはや国もなければ土もないが
富もなければ臣もいないが
民と為だけは遺った

そこから始まる
無底の国作り
根の国　底の国から
大国主も　少名毘古名も　後虎の金神も立ち上がり
あめつちはじめのかみがたり
あめつちひらけのあまがたり

時はない
けれども
翼はある

浦島効果

そこから引き返せば坂なのだけれど
崖を落ちるかもしれない
浦島太郎のように

海坂は急峻で
日本海溝よりも深くて
落ち武者の落下傘急降下よりも速くて
死なずにすんだ戦士も戦死して
紅の豚をほおばった

冥界は満杯だよ
誰ももう容れられない

という声も
聴く耳を喪ったニンゲンには届かず
弔いの里の自然葬も
嘆きの丘を埋め尽くして崩れた

崩壊の予兆は
すでにいくばくかの片道切符に記されていた
その行く先と

しらず知らずして

鍵を開けて覗き見た
密会現場

知らんぷりは出来ないオオカミ少年の
叫び声は
つねにかわらぬが
そこはかとないかなしびをおびて
ゆうまぐれの夕日を翳す
濡れ落ち葉の憂鬱

もうはるか未来まで
買い上げて消費尽くした投資家の欲望を
滅亡した恐竜たちが食い破る朝
賞味期限切れの牛乳瓶が叫んだ

見ろ！
これが結末だ！
後始末の始末だ！

滞りなく債務は請求される
かぎりなく

夢と希望に満ちて新学期に進んだランドセルの子どもたちは
どこへ行く？

重力を失った風船はどの空を飛ぶ？

誰もが飛ぶ空と漕ぎ渡る海を見ることができず

しんそこ　ふかいねむりにつくこともできずに
さまよう　春　夏　秋　冬
その季節さえも見失い
ここにも　そこにも　あすこにも
どこにも見出すことができなかった
なにも　かも

いずれ　おや

いずれ灰になる
と　闇は言った
断りもなく

言い出しっぺのコギトが騒ぐ
ことば、言葉、コトバ、と。

けれど
ことばよ

おまえの欺瞞に婆は倒れた
老婆心は折れた

翁面を被って
気取りやがって
素面も直面も面目なし

とおとおみを洗う岸辺を
歩みのきんぴら牛蒡と失踪した青春

取り戻すことのできない生い立ちを
負債と思う勿れ

開闢と終末は入れ子になっているから
どこからが始まりか、どこからが終わりか、
だれにもわかりゃしない。

にもかかわらず
押し寄せる追加注文

食べて！
見て！
触って！
破って！
押して！

残り少なき人生を

ワンストロークで逝く

大往生だね、せんぱーい！
きゃつは笑いもしないね。

畏れ多い祟り神さえ寄り憑かぬように
人力車は粉々に破壊された

もはや付喪神の取り付く島もない
この大八島国
葦原の中つ国
豊葦原の瑞穂の国よ

くらげなすただよへる国よ

太古の慕情に胸を焦がした諾冉二神が
あなにやし、えをとこを！
あなにやし、えをとめを！
と称え合って
まぐわった　まほろばの邑

おさなさのゆれうごく
とこわかのしま

精神年齢十二歳
背丈も十二センチで
伸び悩むことなく微笑むスクナビコナの神

いましみことがくにづくりのワークに無我夢中で

これ以上ないほどに美しい労働歌を青空のような喉を開いて
うたいつづけた
無限廻廊の島
かそけくも　あやにかしこき　列島よ

真実の数だけ　産まれた島々

いつわりなく浄められた渚と
まごうことなく荘厳された森

ふつつかな　二日酔いの繰り言など
聞かぬ存ぜぬの猫に小判
馬耳東風の花掟

朝焼けを待って　眠りこけたままの
おなり神を
待つだけ待って　振り切った
カーブは曲がった
あとはない
あとにもさきにも　うみだけ
うみのおやだけ
生みの親の親だけ

その親は卵から生まれたの？
卵は親から生まれたの？

親の親の親の親は訊いた

平凡

平凡というお皿に
盛り付けた日常

家事は舫った
とりあえずコンパスはないからと

でも　行く先なんて　当てにならないよ
犬も歩けば棒に当たるから
猫も歩けば呆に当たるから
人も歩けば暴力に中るから

平凡というお箸で
掬いあげた日常

噛み砕くことも出来ず
呑み込んだ

愛おしさに涙する
10ギガバイトのファイル

連続写真は惑った
誰が映しているか分からないから
誰が写っているか分からないから
誰が移っていくか宛先不明だから

知らぬが仏とネコババは言った
知ったふりをするな！　と開いた口が言った
知ったからには責任取ってもらうわよ、と媒酌人は言った

古臭いこと言うなよ
もう手遅れだよ
不渡りだよ
締め切り過ぎたよ

軒並み地震で
家具は慎重に動いた
俺は大黒柱だからな
家《うち》は大家族だからね

君は大陽族だからね

古臭いこと言うなよ
なみだがでるよ

雑巾は泣いた
絞っても絞っても涙は枯れなかった

どうしてこんなに泣けるのか?
平凡は考え込んだ

考えて考えて考えて考えているうちに
島は形を変え　どこにも見えなくなった
そして、島はいつの間にか、鳥になっていた。

にぎりめしは

にぎりめしは立ち上がって敬礼した
赤飯閣下があぐらをかいて座っていたから

おまえたち　ようく聞け！
逃げ道はない、すべて塞がれた。
竹やりで突き進むしかない。

カッカ！　それは無理です無茶です無謀です。

無謀がなんだ、おれたち無敵の戦隊だ。

それがそもそも無謀です。
無計画です。
無鉄砲の無秩序の無茶苦茶です。

だが、
赤飯閣下は祝賀パレードで忙しく、
聞く耳持たぬ。

回れ右！
日進月歩！
前進あるのみ！
交替しても後退はない！

後にも退けず、先にも進めぬ木偶の坊。
世迷言を寝言した。辞世の句とともに。
おかあさ～ん！

真実一路の波打ち際で。
はかなく消えし翼をもぎる
赤飯閣下は大飯喰らいだ
握り飯を全滅させた

それでも　にぎりめしは　たちあがって　けいれいした
ぼくをうんでくれたおかあさん
ぼくをそだててくれた　このしまに

ボクは　いきます　パンのくにへ
パンこのなかに　とんでいきます

うらみも　そねみも　もたないけれど
いのちのしまに　いのります
しまのめしひとに　いのります
さちあれ　ゆめあれ　えみあれ　と
さちあれ　みちあれ　ともあれ　と

第3章　鎮魂

立待

佐藤泰志*に捧ぐ

立待岬からのびているひとすじの道
歩いているうちに気づいた
死がそこにあるから　今ここのこのいのちが輝くのだと

津軽海峡を望みながら歌った
佐藤泰志への鎮魂歌《レクイエム》

君の死が教えた
光があるから闇があるのではなく

闇の中で　闇を潜って　光りが輝くのだと

一九九〇年十月十日
君が国分寺の森の中で自死した時
僕は遠くの空の下でロケットの打ち上げを見た余韻に浸っていた

ユーミンが「天国のドア」を唄っていた

明日があるのと　明日がないのと
どうしようもなく道は岐れてしまったが
不忍池の鯉は　跳ねて　飛んだ

解いてくれ！
と

見えない鎖に巻き上げられて
がんじがらめになった体から
息も絶え絶えだった魂が飛び出す
自由

自由でありたかったんだ
檻の中でコーヒーカップが割れた

誰も行き着けない店で待ち合わせたために
ずいぶん長い時間がかかったが
佐藤よ
君が書いた「神なきあとの人間の問題」は
僕が書いた「神仏と出逢う人間の問題」と

激しく対立もし
同時に牽引し合っていた

ニヒリズムとミスティシズムは
銀貨の裏表
にぶい光沢の底で
あいまいな像に触れる

ところかまわず逃げ出そうとしなかったばかりに
つかまってしまった時の十字路
　その夕間暮れ

立待岬の尽端から真っすぐにのびている
そこに君が立っているのが見えるが

僕のいる岬からは届かない
だから　歌おう
海峡をはさんで
声の橋を架けよう

君が歩いていく海と空のあいだに
虹は立たぬが　祈りは立つよ
立待岬の突端に
この世の涯の果てに

佐藤よ！

＊　佐藤泰志が書いた哲学科の卒業論文の題目は「神なきあとの人間の問題―ツァラトゥストラ研究」だった。僕の書いた卒業論文の題目は「東洋と西洋における神秘主義の基礎的問題への試論」。空海とドイツの神秘哲学者ヤコブ・ベーメの神秘体験と言語哲学を問いかけるもので「神仏を体験した人間の問題」だった。芥川賞候補に五回、『そこのみにて光輝く』で第二回三島賞候補になった佐藤は、一九九〇年十月十日、国分寺の自宅近くで自死した。享年四十一歳。函館生まれ。一九七一年、佐藤は同人誌「立待」を創刊した。そして佐藤と同じ大学の同じ哲学科の教室で佐藤と僕は対論し岐れた。半世紀も前のこと。

落ち声拾い

たちまちに　日暮れて　道遠し
老いの一徹を怖れず
不可抗力のマシンガンに撃ち抜かれても
絶対に消えぬ声がある

その声を拾いに行く

思えば　遍路道ばかり歩いてきた
巡礼路は歪で　こころもからだも折れくねって
まがつひとなほひのはざまで

シンデレラのように急ぐ

時はないが
朱鷺よ飛べ

恐れを知らぬ恐るべき子供たちのように
何事も大事に至らぬというのは真っ赤な嘘で
どんな些事も大事に通じている

神も仏も精霊も細部に宿り給う
些時に宿り給う

見逃しはしない
その些を

だから　おしあげてくれ
なけなしの重力マシーンを

気がついた時には手遅れになっていることが多いものだが
手遅れと手違いとでは大違いだ

やり直しは効かないが
生き直しの行程を辿ることはできる

人生不可解なり
だがそれも　犬も歩けば棒に当たるよ
撥ね返してくれるピンポン玉となって
時を刻む

チクタク　チクタク　蓄啄　と
啄木の墓の見える岬に立って
恐山を望む

見えても見えずとも
視えてくるものがある

すべては如是我聞だが
すべては如是多聞でもある

世界は声なき声に溢れているから　沈黙の重みの中に引きずられるのだ

そのちんもくのなかで　あなたはぼくとであう

イケズ

イケずとやらがあるらしい
そんなことを耳にしたが
なんのことかわからずにいた

だがある日
池の中に飛び込んだ
ら
生け簀と行けずにバッタリ会った

何のことか
すべてはわかりきったことだった

要するに
気にするな、ってこと。

風が吹いている
それで　よい

くれないの春

取り繕って鼻水垂らす紅葉花
生け捕りにされた渦の
見てくれも咲いてくれもない
井戸の中の獅子座流星群

またたいている
きらきらと心臓から血を垂らして
驚いた拳に蟻がたかる
近寄ってきたらダメだよ

言葉尻をとらえて一目散の豚の群れ
もはやふきあえずのふところに訊いてみても何も言わぬだろう
よそいきの花吹雪を纏って
腰巾着のように砕けた

賽の河原まで
廃線のトンネル
黄泉路といふほどの値打もないが
あさば旅館に行き倒れた

トテチテトテチテトテチテター
生きながらえよ
なんとしても

何人たりとて
見捨ててはならぬ

一遍上人は言った
極楽浄土まで
十万億土を旅することを考えれば
一進一退
というより
一心渋滞のこの世ばかりは
星喰う人びとの意の中の蛙でさえも
呆れ果てて世捨て人となるわいな

吹き矢が外れて肩を落とした
幻獣のまだらぼかしの映写機に

色は匂へど散りぬるを
筋目を入れてあおみどろ
月くれないの春を指す

月くれないの春とさす

三声一味

～沼袋甲児、猫柳緑、袋小路揚麿

新聞紙上に道標した。そこはかとなくしほれて。このうえないうからやからとはぐれて。神木も朽ち果てたが残り水が窓を開けて風を入れた。ときほぐしてくれる一寸の刃。止まったまま絶命した白鳥の喉は裂けていた。抉り取った声帯を根元に植えると巨大な森となってすべての木霊を収納した。五大に響きあり。とことんつきあってみるか。沼袋甲児よ。おまえの弾く竪琴は夜を捲る。こじあけて覗き見た地獄絵巻。酸素も炭素もいっぱいだが窒素は不足していた。縁起でもない。猫柳緑は応えた。中間テストを終えたばかりの鉛筆立てに激しく訊いた。黄泉の入り口。その世界はあるが地図はない。ひとりっきりでいっかいだけの処女航海。腕っぷしの強い巫女の漕ぐ磐船に乗って冥界をさ迷った。漂着した先が袋小路揚麿。おまえの台所だったのだ。

蒸しパン黙示録

太古漬けの蒸しパンに聴いた。世の終る日を。蒸しパンは答えた。問いの終わる日サ、と。わかったようなわからぬような。ええい。とんでもない暗黒星のにがよもぎ。口いっぱいにほおばって星の涎を垂らしている終末少女に眼を放った。往くかい？　いいわよ。終末少女は朱の巫女袴を空一杯に拡げて翔んだ。やるね。羽根もないのに。知らねーのかい？　魂の翼は不死不滅だよ。ふてぶてしく笑った。溶けてしまったアイスクリームを王冠に被り、末世の透明な海底に咒を刻む。敗者復活戦はあるよな!?　どこからも応えがないのが答えと認めた。何でもありだ、宇宙は。はてしないのだ、すべてが。

立待岬の行方不明者

戸惑いと行方不明の君が言った。そこにいてくれるだけでいいから、と。でも、居場所がなかったんだよ。居時間がなかったんだよ。この限りなく透明でソーメイなボクには。君のやさしさが肌一ミクロンでも滲入してくると、もうボクは、どこか、わけの分からぬ涯に跳ばされていたのだ。涙が一つの星の海になって海獣たちが泳ぎ回っているから、涙は涸れ果てても、心は枯れてはいないよ。ありがとう。歌を届けてくれて。立待岬はいつもボクのお気に入りの場所だった。永遠という神秘があるとしたら、その永遠に通じていく秘密のパスワードのような場所がある。それが立待岬だった。この世では制約と限界と締め切りに追われたけど、今はどこにも締め切りはない。すべてが開かれていて、すべてが始まっても終わってもいない。未生の朝。ボクは海峡を見る。君が歌っているのが見えるよ、ほら、その突端。いいね。その切羽詰まった眉。絶体絶命の叫びを振り撒いていいて。でもね、そんなに力まなくてもいいよ。がんばらなくてもいいんだ。夜は開けたんだから。朝の今ここでのみ輝くから。ボクは待ってる。君たちの漂流を。どこに流れ着いてもいいから、とにかく、生きて、生きて、生きていて。

第4章　開放譚　スサノヲの叫び

死

すべては妣の死から始まった
いのちの女神　イザナミの妣の死から

ゆくりなくも　天上の神々は使命した
このくらげなすただよへるくにを修理固成せよ　と

ゆえに　イザナギ　イザナミは　めおととなって　みとのまぐはひにより　国生みをした
水蛭子《ひるこ》
淡島《あはしま》

淡道穂狭別島《あはじのほのさわけのしま》を皮切りに
伊予《いよ》の二名島《ふたなのしま》
天之忍許呂別《あめのおしころわけ》てふ隠岐の三子島《みつごのしま》
筑紫島《つくしのしま》を産んだ

伊予と筑紫は　身一つにして面《おも》四つの島　だった

つづいて　天比登都柱《あめひとつばしら》てふ伊伎島《いきのしま》
天之《あめの》狭《さ》手《で》依比売《よりひめ》てふ津島《つしま》
佐度島《さどのしま》を　産み

そのあとに　天御虚空豊秋津根別《あまつみそらとよあきつねわけ》てふ大倭豊秋津島《おほやまととよあきつしま》を　産んだ

これら　最初に生まれた八つの島々を合わせて　大八島国　と名付けた

そして大妣イザナミは
この大八島という大きな八つの島々のまわりに
さらにまたたくさんの小さな島々を産んだのだった

そして　石の神　風の神　海の神　木の神　山の神　野の神　など
ありとあらゆる　山川草木　海　山　風　土の
天地の間にある神々を産み
最後に　火之迦具土神《ひのかぐつちのかみ》を　産んだ

そのため　みほとが焼かれ　病み衰えて　黄泉の国に神去った

大妣イザナミは最初にヒルコ　最後にカグツチを産み

その病み衰えたからだから　鉱物や土や水の神々をこの世にもたらして
黄泉の国に去っていったのだった
いのちの大妣イザナミは　産みに産んだそのはてに　死に至ったのだ
すべてはここから始まった

悲

水に始まり火に終わる大妣イザナミのはたらきのおおいさに涙する

大妣の悲
それは　夫イザナギの無理解と非道な仕打ち
見ないでと頼んだ　わがからだを見られてしまった
その辱と　穢れたものを見るかのような夫のまなざし

いのちの行く末をおおらかに見とどけることができたなら
死もまた穢れなどではなく
いのちの変容のかたちなのだと

やさしく受け止めるまなざしが生まれていたら
吾が悲しみと痛みはこれほどのものではなかった

大妣はそう感じていたはずだ
そのことに　父イザナギは気づかなかった

彼は　わが身が穢れに触れたと思い
筑紫の日向の橘の小戸の阿波岐原で
禊祓をしたのだった

そして　その禊祓の最後の最後に生れたのが
吾だった

父イザナギは　最後に左目を洗って　姉アマテラスを

右目を洗って　兄ツクヨミを
そして　最後に鼻を洗って　吾　スサノヲ
を生み成したのだった

父イザナギは
この禊祓から生まれた子神たちの最後の三柱を
とくに　三　貴子《みはしらのうづのみこ》と名付けて　尊んだ

だが　それゆえに
だが　そのために
吾は　父を許せなかった
母の思いと愛を踏み躙って　独り善がりな清らかさの中に浸りきっていた父を

父よ

あなたは　あさはかだ
父よ
あなたは　ひとりよがりだ
いつも　そうだった
おとこたちの　手前勝手はもうたくさんだ

俺は泣くしかなかった
ただただ　泣き喚くしかなかった
啼きいさちるしかなかったのだ

おかあさ～ん
おかあさ～ん
おかあさ～ん　と

母の痛みと悲しみを感じれば感じるほど
それに気づかぬ父の無神経に腹が立った
何なんだ　その自分勝手は
そして　その自分勝手を俺たちに押しつける

姉　アマテラスには　高天原
兄　ツクヨミには　夜の食国
吾　スサノヲには　海原を知らせ
　だと？

大妣の悲しみにも気づかずに
おもいをかけずに
いたわりとやさしさをそそがずに

あなたの愛は独善的である　いつも
あなたの愛は独行的である　つねに

妣は　耐えた
妣は　忍んだ
そして
妣は　恨んだ

そんなうらみを　あなたは世界にもたらしたのだ
その責を取ってもらう

吾は啼きながら　そのことを言い募っていたのだ
責め立てていたのだ

だが　あなたは　いっかな　そのことに気づきもしなかった
そして　吾を追放した
根の堅州国　妣の国に行ってしまえ！　と

もちろん　吾は　根の堅州国　妣の国に行こうとした
だが　その前に　姉にだけはわかってもらいたいと　別れを告げに行ったのだった
それが　次なる出来事を生んだのだった

姉は吾を疑った
自分の国を奪いにきたのではないかと
まるで　何もわかっていなかったのだ　姉は
父と同じで

吾をただのわがままで粗暴なやつとしか見ていなかったのだ
父に見捨てられた母が深く傷ついたように
姉に見限られた吾も深く傷ついた

けれども　そのことは　表沙汰にはしないで
身の潔白を証明するために　宇気比《うけひ》をおこなった

姉は　吾が物実《ものざね》の十拳剣《とつかのつるぎ》を取って
天の真名井の水で洗い　口中に入れ
さがみに嚙んで　息とともに吐き出し
三柱の女神を生み成した
多紀理毘《たきりび》賣命《めのみこと》　またの名　奥津《おくつ》島比《しまひ》売命《めのみこと》
市寸《いちき》島比《しまひ》売命《めのみこと》　またの名　狭《さ》依毘《よりび》売命《めのみこと》

多《た》岐《き》都《つ》比《ひ》賣命《めのみこと》

吾は　姉の物実の八尺《やさか》の勾瓊《まがたま》の御統《みすまる》の珠《たま》を受け取って
天の真名井の水で洗い　口中に入れて
さがみに噛んで　わが息とともに吐き出し
五柱の男神を生み成した
正勝吾《まさかつあ》勝勝速日《かつかちはやひ》天之《あめの》忍穂耳神《おしほみみのかみ》
天之《あめの》菩《ほ》卑《ひ》能《の》神《かみ》
天津《あまつ》日《ひ》子《こ》根命《ねのみこと》
活津《いくつ》日《ひ》子《こ》根命《ねのみこと》
熊野《くまの》久《く》須《す》毘神《びのかみ》

こうして　ウケヒによって　吾は心の清らかさを　あかしした

怒

だが　おれの怒りは収まらなかった
アマテラスよ　なぜ　おれを疑うのだ
イザナギよ　なぜ　母の悲しみを分からぬのか
おれはおまえの　三貴子の一人などではない

おれは　母の子だ
おれは　俺だ
おまえの子ではない

おれの怒りは怒濤となり噴火となり爆発散乱した
すべてのものを破壊する
すべての神を破砕する
すべてのいのちを破爆する

おさまらぬ
おれの　こころは　おさまらぬ
おれの　からだも　おさまらぬ

なぜだ　なぜだ　なぜだ
なぜ　なにも　わからんのか
おれは　暴れに暴れた
田んぼを破壊した

畑を毀した
畔も　土手も　何もかも

反吐を吐いた
大嘗殿に糞をした
忌服殿に血だらけの馬を投げ込んだ
天《あめ》の斑駒《ふちこま》を逆剝《さか》ぎに剝いで
皆殺しにしたかった
破砕し尽くしたかった
誰もかも
何もかも
どこもかしこも

アマテラスは　おれを怖れた

そして　逃げた
逃げ隠れた
天の岩戸に

おれは　それをも破壊し尽くしたかったが
天上の神々は　おれを閉じ込めた

そして　神集いして　祭りをおこなった
アメノフトダマは神籬を捧げ
アメノコヤネは祝詞を奏上し
アメノウズメは手に笹葉を持って踊りに踊り神楽を奏して神憑りした

胸乳が露わになった
ホトが露わになった

それを見て　神々が笑った
花が咲き誇るように笑った

そのとき　ひかりがさした
光が戻った
光が甦った
アマテラスが顔を出した

あはれ　あなおもしろ　あなたのし　あなさやけ　おけ！

天晴れて　光が射して　面に当たって　白光りして
おのずと手が伸びて　みなともにゆれにえゆれ　おどりにおどり　なびきになびいて
おけ　となる
おけ　おけ　おけ　となる

世界に光が戻り
いのちが息を吹き返した

いのちは甦ったが
俺は追放された

髪の毛を切られ
髭を切られ
手足の爪を剝がされ

あらゆる罪穢れを背負わされて
身も心も魂も剝き出しにされて
追放された

地の果て
この世の涯
涯の果てまで

流

だからおれは　ながれ　流れて　流浪する
漂流する

かつて　海原を治めよ　と命じられたおれが
七つの海を　流され　漂流し
地の涯　この世の果てまで　経巡った

どこにも　おれの居場所はない
休む場所はない

憩いの地はない

どこからも　拒絶されて
宿無しの　独り旅
還るところのない　漂泊
流浪

ただ　荒れ果てて　すさみきって　ながれゆくまま
そして　その流れゆくままに　行き当たったのが
出雲の地だった

いづも
いつも

いづるも

いつ　思い出しても　愛惜の思いに揺れる

出雲の斐河に至った時　上流から箸が流れてきた
そこに　誰かが住んでいる

おれは　駆け上った　上流に

ほどなくして　粗末な小屋を見かけた
泣き声が漏れていた

どうしたのだ　おまえたち
何を泣いているのだ

毎年この時期になるとやってくる　ヤマタノオロチが
最後に残った八番目のこの娘を食い殺しにやってくるのです
それが　つらくて　泣いているのです。

泣いているのは　三人
あしなづち　てなづち　くしいなだひめ

じつは　おれは　これまで　そのヤマタノオロチとやらと同じであった
食い殺し　斬り殺し　叩き殺し　ありとあらゆるものを　破壊し尽してきた
それがおれだった

だが　そのおれが　おれのかつてのおのれのようなヤマタノオロチを退治して見せよう
そやつは　おれにしか倒せぬからな

ヤマタノオロチを殺すことができるのは　ヤツの分身でもあったおれだけだ

おれは策略を施した
八頭八尾の八岐大蛇に　八つの甕に　なみなみと酒をそそぎ
酒精をプーンと匂わせて　ヤツをおびき寄せ
ぐでんぐでんに　酔っぱらわせて　のびてしまったところを　叩き切る

おれの策略は奏功した
まんまとおれの仕掛けた罠にはまった

かわいそうだが　姫たちを救わねばならぬ
そのためには　アヤツを殺さねばならぬ
両立は　無い

殺すか　殺されるか
喰うか　喰われるか
どちらかしか　ない

さいわい　おれは　生き残った
いのちながらえた
人救いを果たして

クシナダのヒメよ　美しいクシナダヒメよ
おれとともに　生きてくれ
おれとともに　生きてゆこう
この　ヤマタノオロチを倒した　八雲立つ　出雲の地で

こうしておれは　勝鬨を上げ

心の底から晴れ晴れとした思いに満たされ
思いのたけを歌にした

歌

八雲立つ　出雲八重垣　妻籠みに
　八重垣作る　その八重垣を

たくさんの雲が立ち上ってくる
その八雲立つ出雲の地で
愛するおまえとともに住む愛の御殿を造り
その愛の住処で　常永遠に　愛するおまえと過ごしていこうぞ
おれは　吾が心清々しと大声を挙げて　歌をうたった

おれの歌は　八雲の歌　出雲の歌　八重垣の歌だ
そしてそれは　八岐大蛇の鎮魂歌であり　母の鎮魂の歌である

母の痛みと悲しみを背負い切れずに　暴れに暴れ
壊しに壊し
わめきにわめいてきたおれが
初めて　正調の調べを持った晴れの歌をうたったのだ

　八雲立つ　出雲八重垣　妻籠みに
　　八重垣作る　その八重垣を

やー　やー　やー　やー

それは　いやさか　のうたである

やさか　のうたである
やーさか　のうたである

うたでしか　おれの心の晴れ間を言い表せぬ
心の晴れ真
心が晴れた
心は晴れた
ようやっと

妣よ
大妣よ

こうして　吾は　いましみことのかなしみをほぐし
母の痛みと恨みを　解き放った

この天上にまで千木高知りて聳え立つ愛の御殿の歌で
母の恨みを　歌で溶かした

すべては妣の死から始まった

そして　最後に　歌が残った
死が　詩となった
死が　歌によって　史となった

おれの語りは　歌となる
それこそが　海原を治める　おれの道

海原は　歌原である

くらげなす漂へる大八島の国
葦原の中つ国
豊葦原の瑞穂の国よ！

終詩

ラプラタ

ラプラタ川って海じゃないの
僕は訊いた

海じゃないよ　川だよ
長さ三〇〇キロ幅二二〇キロの巨大な河
大三角江

南アメリカには　アマゾンとラプラタ川の二つの大水域があるんだよ

そうなのだ

水は動いている
海から　山から　街から　空から
そして　僕たちの体から

だとしたら
僕たちの心も水でできていないはずはない

心の中に　水がある
大水域がある

それは　海である
湖である
川である

そしてそれは　体であり　心である

そのことをとことん思い知った時に
動き始めた
廻り始めた
巡り始めた

地球大巡礼

わが心から地球全体につながる大巡礼路が開けた
真夜中の太陽が見えるまで
どれほど暗い闇の底の底でも光が見えるように眼が与えられた
心の目というものが

心が視るものには　限りがない
限りがあるのは　人の心の意識である
知性である

その限りを解き放ち
解きほぐし
掘り起こして　木っ端微塵に粉砕する

そんなことができるのか　とは聞くな
できるか　できないか
おのれの一心にある

二心は　ない

むすんで　ひらいて
むすんで　ひらいて
てをうって　むすんで

また　ひらいて
てをうって

そのてをうえに

そう
手を上に挙げろ

その手を
あの手を
この手を
どの手も

開けゴマには　限りは　ない

著者略歴

鎌田東二（かまた・とうじ）

一九五一年　徳島県生まれ

詩集『常世の時軸』（二〇一八年）

『夢通分娩』（二〇一九年）

『狂天慟地』（二〇一九年）

『絶体絶命』（二〇二二年）

神話詩小説『水神傳説』（一九八四年）

著書『神界のフィールドワーク――霊学と民俗学の生成』（一九八五年）

『翁童論――子どもと老人の精神誌』（一九八八年）

『宗教と霊性』（一九九五年）

『神と仏の精神史――神神習合論序説』（二〇〇〇年）

『霊性の文学誌』（二〇〇五年）

『神と仏の出逢う国』（二〇〇九年）

『言霊の思想』（二〇一七年）

『南方熊楠と宮沢賢治』（二〇一九年）

『「負の感情」とのつき合い方』（二〇二一年）他

CD『この星の光に魅かれて』（二〇〇一年）『なんまいだー節』（二〇〇三年）

『絶体絶命』（二〇二一年）

武蔵丘短期大学助教授、京都造形芸術大学教授、京都大学こころの未来研究センター教授、上智大学大学院実践宗教学研究科・グリーフケア研究所特任教授を経て、京都大学名誉教授、天理大学客員教授

＊本詩集『開』は、一般社団法人日本宗教信仰復興会議の助成を受けて刊行されました。

詩集 開《ひらけ》

発行 二〇二三年二月二日

著者 鎌田東二
装丁 直井和夫
発行者 高木祐子
発行所 土曜美術社出版販売
〒162-0813 東京都新宿区東五軒町三―一〇
電話 〇三―五二二九―〇七三〇
FAX 〇三―五二二九―〇七三二
振替 〇〇一六〇―九―七五六九〇九

印刷・製本 モリモト印刷

ISBN978-4-8120-2744-8 C0092